AF279115

La Girafe

Dessiné d'après nature

NOUVELLE NOTICE

SUR

LA GIRAFE

ENVOYÉE

AU ROI DE FRANCE PAR LE PACHA D'ÉGYPTE,

ET ARRIVÉE A PARIS LE 30 JUIN 1827.

OBSERVATIONS CURIEUSES

SUR LE CARACTÈRE, LES HABITUDES ET L'INSTINCT

DE CE QUADRUPÈDE.

CETTE NOTICE EST AUGMENTÉE DES DOCUMENS PRÉCIEUX FOURNIS PAR
LES ÉTHIOPIENS QUI ONT CONDUIT LA GIRAFE DANS LA CAPITALE.

Par M. L. D. FERLUS,
Membre de plusieurs Sociétés savantes.

PRIX : 75 CENTIMES.

Paris,

CHEZ MOREAU, IMPRIMEUR,

RUE MONTMARTRE, N. 39.

1827.

NOUVELLE NOTICE

SUR

LA GIRAFE.

La Girafe est un des plus grands animaux que l'on connaisse; sa douceur n'est pas moins remarquable que sa forme et sa taille gigantesques.

Ce quadrupède est presque toujours confiné dans les déserts de l'Afrique et de l'Éthiopie; aussi était-il peu connu des anciens; Aristote n'en fait point mention, mais Pline et Oppien en ont parlé et l'ont décrit sous le nom de *Camélopardalis*, à cause de sa ressemblance avec le chameau.

On n'avait jamais vu de Girafe vivante en France; aussi Buffon, qui n'a fait sa description que sur les rapports des voyageurs, a émis beaucoup d'erreurs.

Cet animal est fort rare; on prétend en avoir vu au cap de Bonne-Espérance. Il est certain que l'espèce diminue tous les jours, et qu'on craint, avec quelque fondement, qu'elle disparaissse entièrement.

La Girafe que nous possédons, et qui excite l'étonnement et l'admiration de tous ceux qui la voient, a été prise dans les environs de Senaar, en Afrique, par les troupes du pacha d'Égypte. Elle fut trouvée avec une autre ; on tua la mère pour s'emparer de ses petits. La dépouille de celle-ci fut portée au Caire par quatre chameaux. La chair de ce quadrupède est bonne à manger.

Notre Girafe fut prise à l'âge de deux mois, et conduite avec sa compagne jusqu'au Caire. Ce trajet a été fait, partie en marchant de caravane en caravane, l'autre partie en descendant le Nil dans une barque construite exprès.

Arrivées au Caire, les deux Girafes furent emmenées au Pacha, qui les offrit en présent au roi de France et au roi d'Angleterre. Les consuls de ces deux nations tirèrent au sort pour obtenir le choix ; le consul français eut le bonheur d'être favorisé par le hasard, et son choix fut heureux, puisque la Girafe qui était destinée au roi d'Angleterre est morte.

Le consul de France s'embarqua avec quatre Africains pour accompagner la Girafe jusqu'à Marseille. Là, notre quadrupède fit une quarantaine de vingt-cinq jours, puis elle entra dans la ville, où son arrivée donna lieu à des fêtes.

Le consul de France répartit pour l'Égypte avec deux Africains, qui furent remplacés, auprès de la Girafe, par deux Français. Cet animal est resté à Marseille pendant sept mois et demi, à cause du mauvais temps.

Elle a fait le voyage de Marseille à Paris par étapes, en faisant cinq ou six lieues par jour, au plus.

A Lyon, on s'empressa de conduire la Girafe chez M. le préfet ; une foule immense était accourue pour voir ce beau quadrupède ; un chien l'effraya ; elle s'échappa et jeta, à son tour, l'épouvante parmi les spectateurs ; beaucoup furent renversés, non par notre animal, mais par la multitude elle-même, qui se précipitait en désordre de tous les côtés.

M. Geoffroy Saint-Hilaire, chargé par le gouvernement de surveiller le voyage de la Girafe, a rempli sa mission avec un zèle digne des plus grands éloges ; sa santé même en a été altérée.

Plusieurs savans distingués ont été au devant de la Girafe, entre autres M. Cuvier. On sent quel plaisir a dû éprouver ce digne interprète de la nature, cet homme dont le savoir étonne autant que le génie. Espérons que M. Cuvier ajoutera, sur la Girafe, quelques pages à l'ouvrage de Buffon.

La Girafe est arrivée à Paris le 3o juin, à cinq heures et demie du soir.

Le lundi suivant, plus de dix mille personnes ont rendu visite à notre quadrupède, que l'on a promené dans le jardin dit de botanique, de dix heures à midi ; depuis, la foule s'est empressée tous les jours pour voir ce superbe animal, qu'on a logé dans la grande orangerie.

La Girafe est, sans contredit, l'animal le plus beau et le plus curieux que l'Afrique produise. Il est impossible de ne pas être frappé de la noblesse, de la douceur de ce quadrupède ; sa taille gigantesque étonne, et sa grâce et sa bonté captivent. Voici la description de cet animal, que nous venons de voir au Jardin-des-Plantes.

La tête de la Girafe est pleine d'expression et de douceur ; les yeux sont grands, vifs et noirs ; la bouche petite et recouverte entièrement par la lèvre supérieure. La langue de la Girafe est longue, mince et noirâtre ; l'animal la sort et la remue presque continuellement. Il paraît qu'il se sert de cet organe pour saisir les feuilles et les alimens dont il se nourrit.

Les oreilles sont grandes et blanches. Les parties latérales de la tête sont parsemées de petites taches roussâtres.

On remarque sur la partie supérieure de la tête, deux

petites cornes droites, garnies d'un poil brun à leur extré-mité. Ces cornes ont trois ou quatre pouces de longueur, et sont placées entre les deux oreilles.

Indépendamment de ces deux cornes, il y a au milieu de la tête, presqu'à distance égale, entre les narines et les yeux, une excroissance remarquable, qui est un os couvert d'une peau molle garnie d'un poil doux. Ce tubercule osseux a plus de trois pouces de longueur, et est fort incliné vers le front.

Les paupières, tant supérieures qu'inférieures, sont garnies de cils formés par une rangée de poils fort roides; on en voit de semblables, mais clair-semés et plus longs au tour de la bouche.

La tête, que l'animal tient naturellement élevée, paraît petite, relativement à la masse de son corps; le museau est mince et presque effilé.

Le cou est ce qui surprend le plus par sa longueur prodigieuse. La nature ayant destiné la Girafe à se nourrir presque exclusivement de feuilles d'arbre, a donné à cet animal une taille gigantesque. Le cou n'est point roide, comme l'ont écrit la plupart des naturalistes; cette partie de l'animal est très-mobile et pleine de grâce; elle est tigrée comme le reste du corps. On a écrit également que cet animal ne pouvait prendre sa nourriture à ses pieds, qu'il ne buvait qu'en s'agenouillant : tout cela est faux; la Girafe peut manger et boire par terre, en écartant les jambes de devant.

Le cou est mince, élancé : il a à peu près cinq à six pieds de long, et garni d'une petite crinière noirâtre.

Le corps de la girafe est court, relativement à la hauteur de l'animal; son axe, du poitrail à l'anus, est de quatre pieds et demi. Ce corps est plus épais à la partie antérieure qu'à la partie postérieure, ce qui rend la croupe beaucoup plus basse que le garot.

Les parties supérieures et latérales du corps de la Girafe sont tigrées sur un fond presque blanc. Les taches sont roussâtres, grandes vers les parties antérieures et supérieures, moindres en s'approchant du ventre de l'animal, qui est couvert d'un poil blanchâtre.

La femelle a quatre mamelles. Elle ne porte qu'un petit à la fois, ce qui s'accorde avec ce que nous savons de tous les grands animaux.

Le ventre de la Girafe est élevé au-dessus de la terre de cinq pieds environ.

La queue est petite et garnie de poils noirs de sept à huit pouces de longueur à son extrémité; elle ne dépasse pas les jarrets.

Les jambes de derrière et de devant sont presque égales; elles ont à peu près cinq pieds de haut. Les taches dont la peau de l'animal est parsemée ne dépassent pas les genoux; la partie supérieure et interne des cuisses et des jambes est blanche.

Les jambes sont fines, relativement à la hauteur de l'animal, et sont couronnées, parce qu'il s'agenouille pour se coucher.

La Girafe a les pieds larges; les sabots sont fendus; ils manquent de talons, et ressemblent à ceux du bœuf.

La robe est très-belle; elle est tigrée sur un fond blanchâtre. Les taches, dont la grandeur varie, sont roussâtres; leur figure est presque carrée et semble tenir des formes angulaires et des circulaires. Ces taches s'arrêtent, comme nous l'avons observé, aux genoux de l'animal.

La marche de ce quadrupède est très-remarquable, et diffère beaucoup de celle de la plupart des animaux. La Girafe, dans sa progression, avance alternativement les deux pieds droits en même temps, puis les deux pieds gauches. Lorsqu'elle court, elle s'appuie sur les jambes de devant pour avancer celles de derrière. On dit que cet animal peut faire six lieues à l'heure, et marcher vingt-quatre heures sans se fatiguer. On a prétendu même que l'homme qui monterait la Girafe ne pourrait supporter la rapidité de sa course.

Elle se défend avec les pieds de devant, par des ruades qui ne sont pas sans danger pour les animaux qui l'attaquent. Elle résiste quelque temps, même au lion; mais elle ne tarde pas à être vaincue par le roi des animaux.

La taille de la Girafe peut s'élever jusqu'à dix-sept pieds; celle que nous possédons n'en a encore que douze, mesurée du sol à la nuque.

Du sol au niveau du garot, la distance n'est que de huit pieds; l'axe du corps, du poitrail à l'anus, n'est que de quatre pieds.

On dit que les femelles sont, en général, plus petites que le mâle. Une de celles dont Levaillant a donné la figure, n'avait que treize pieds dix pouces; ses dents incisives, presque usées, prouvaient qu'elle avait atteint sa plus grande hauteur. Il lui a paru, d'après le nombre de ces animaux qu'il a eu occasion de voir et de tuer, que l'on peut établir comme une règle certaine, que les mâles ont ordinairement près de dix-sept pieds de hauteur, et les femelles de treize à quatorze.

La Girafe que nous possédons est une femelle, mais peut-être d'une espèce différente de celle dont parlent Levaillant et les autres savans.

Quand la femelle devient très-vieille, elle prend la teinte foncée du mâle; au reste, le pelage de l'un et de l'autre varie également par la forme des taches.

De près, la femelle se distingue encore pár sa taille moins haute, et par la bosse de son avant-tête moins saillante.

La femelle porte douze mois, et n'a jamais qu'un petit à la fois, comme nous l'avons dit.

L'œil habitué aux formes replètes et oblongues des quadrupèdes de l'Europe, ne voit point de proportion entre une hauteur de seize pieds et une longueur de sept, prise depuis la queue jusqu'à la poitrine.

La nourriture de la Girafe se compose particulièrement de feuilles d'arbres; la nature l'a créée pour ce genre d'aliment; cependant celle que nous possédons n'a été nourrie, dans les commencemens, que de lait. Maintenant, sa nourriture se compose de maïs, de fèves et d'orge; le lait est son unique boisson. Trois vaches ont été amenées d'Alexandrie; elles fournissent encore du lait à la Girafe.

Ce quadrupède rumine; il peut manger et boire par terre, comme nous l'avons dit, en écartant les jambes de devant. Presque toutes les feuilles peuvent lui servir de nourriture; mais il préfère celles d'accacia, arbre africain.

On a observé que la Girafe aimait beaucoup la propreté dans tout ce qui l'entoure; aussi met-on le plus grand soin à flatter son goût sous ce rapport.

Les autres animaux n'effrayent point en général ce quadrupède; on la voit regarder la foule empressée de l'admirer, avec satisfaction et tranquillité. Elle est d'une obéissance sans bornes; seulement, elle ne peut résister au désir de tâter des feuilles de tous les arbres qui s'offrent sur son passage, et l'on est obligé de retenir sa tête, toujours prête à se tourner du côté de sa nourriture naturelle. Elle semble se dédommager de cette privation en promenant continuellement sa langue sur ses lèvres et en l'allongeant quelquefois d'une manière très-remarquable.

Cet animal est d'une douceur sans exemple; il souffre

tout; il n'attaque jamais les autres animaux. Un enfant peut, avec une petite corde, conduire ce gigantesque animal partout où il veut; il semble né, comme la plupart des herbivores, pour obéir.

La Girafe est reconnaissante des soins qu'on lui prodigue. On rapporte qu'un voyageur, en ayant pris une non loin des cataractes du Nil, cet animal conçut un si grand attachement pour son maître, que celui-ci ayant été tué par des Éthiopiens, la Girafe mourut bientôt de chagrin, malgré tout ce qu'on put faire pour la conserver.

Ses yeux annoncent de l'intelligence. Ce qu'il y a de certain, c'est qu'après avoir admiré ce superbe quadrupède, on ne peut se défendre d'un sentiment d'intérêt qu'inspire sa douceur et sa soumission.

La physionomie de la Girafe a quelque chose de grand, de noble qui étonne. La beauté de sa robe excite une admiration générale, et j'avoue que je partage, avec plusieurs savans, l'enthousiasme que leur a fait naître la vue de cette précieuse conquête.

Notre Girafe est agée de deux ans et quelques mois; elle croîtra encore pendant plusieurs années. On espère beaucoup la conserver, nous aimons à le croire; le chameau né, comme la Girafe, dans les contrées brûlantes de l'Afrique, vit très-bien dans nos climats; d'ailleurs, la Girafe jouit d'une santé parfaite, et les soins des savans distingués qui veillent à sa conservation nous rassurent entièrement.

La Girafe se couche comme les vaches; elle mange dans la main de ceux qui lui offrent quelque chose de son goût; elle lèche comme un chien.

Il est certain que ce quadrupède est d'une espèce unique et très-différente de toute autre; mais si l'on voulait la rapprocher de quelqu'autre animal, ce serait plutôt du Chameau que du Cerf ou du Bœuf. Il est vrai qu'elle a deux petites cornes et que le Chameau n'en a point ; mais elle a tant d'autres ressemblances avec cet animal, que je ne suis pas surpris que quelques voyageurs lui aient donné le nom de Chameau des Indes.

Selon les naturalistes les plus distingués, la Girafe, l'Éléphant, le Rhinocéros et l'Hippopotame, forment des genres particuliers ou des espèces uniques, qui n'ont point d'espèces collatérales ; c'est un privilége qui ne paraît accordé qu'à la grandeur de ces animaux, qui surpasse de beaucoup celle de tous les autres.

La Girafe, lorsqu'elle a atteint son entier développement, a vingt-cinq pieds de longueur du bout de la tête à la queue. Les femelles sont en général d'un fauve plus clair, et les mâles d'un fauve plus brun. On dit qu'il y en a aussi dont la robe est presque blanche.

M. Allemand, naturaliste distingué, dit que les Girafes se trouvent vers le vingt-huitième degré de latitude méridionale, dans les pays habités par les nègres que les Hottentots appellent *Brinas* ou *Briquas*. L'espèce ne paraît pas être répandue vers le sud au-delà du vingt-neuvième degré, et ne s'étend à l'est qu'à 5 ou 6 degrés du méridien du Cap.

Les Cafres, qui habitent les côtes orientales de l'Afrique, ne connaissent point les Girafes ; il paraît aussi qu'aucun voyageur n'en a vu sur les côtes occidentales de ce continent, dont elles habitent seulement l'intérieur. Elles sont confinées dans les limites que nous venons d'indiquer vers le sud, l'est et l'ouest ; du côté du nord, on les retrouve jusqu'en Abissinie, et dans la Haute-Égypte.

La chair de la Girafe, surtout celle des jeunes, est bonne à manger ; les os sont remplis d'une moële que les Hottentots trouvent exquise ; aussi vont-ils souvent à la chasse des Girafes, qu'ils tuent avec leurs flèches empoisonnées.

Le cuir de ces animaux est épais d'un demi-pouce. Les

Africains s'en servent à différens usages : ils en font des vases où ils conservent l'eau.

Les Girafes habitent également les plaines et les bois ; elles vont en petites troupes de trois ou quatre, quelquefois de six.

Lorsque cet animal est arrêté et qu'on l'aperçoit en face, l'avant-train, beaucoup plus large, couvre entièrement celui de derrière.

La Girafe broute, mais rarement, parce que, dans les contrées brûlantes qu'elle habite, le pâturage manque souvent.

La nourriture la plus ordinaire de la Girafe, vers le cap de Bonne-Espérance, est la feuille d'un arbrisseau qu'on croit être une espèce de *mimosa*, que les naturels du pays appellent *kanaap*, et que les colons nomment *kam eel-doorn*.

Les viscères de ce grand quadrupède ressemblent à ceux de la Gazelle ; mais il n'a point de larmiers, ni d'ouverture qui en tienne lieu : caractère de plus qui l'éloigne des autres animaux, avec lesquels on serait tenté de le ranger.

L'arrivée de ce quadrupède en France fera époque dans les annales de l'Histoire naturelle. Ce bel animal est un des ornemens les plus curieux du Jardin-des-Plantes, déjà si riche et si varié. C'est un motif de plus qui attirera les étrangers dans la capitale.

Cette brochure, toute petite qu'elle est, renferme à peu près tout ce qu'il y a d'important à savoir sur la Girafe. Nous nous sommes surtout attaché à donner des notions exactes ; c'est après avoir lu tout ce qui a été écrit sur ce sujet, après avoir vu l'animal et nous être entretenu avec les savans qui l'ont accompagné et avec les Éthiopiens qui ne la quittent pas, que nous avons fait notre travail. Nous joignons à cette Notice une lithographie qui est parfaitement ressemblante et qui a été exécutée par M. Renou, artiste distingué. Nous osons espérer que les gens instruits y trouveront des détails qui les intéresseront, et que tous les lecteurs y puiseront quelques connaissances sur ce quadrupède intéressant, dont l'arrivée en France est presqu'un événement.